La plus belle robe du royaume

Une histoire écrite par
Andrée Poulin
et illustrée par
Gabrielle Grimard

À Chloé qui, toute petite, *[texte masqué]*
And*[...]*

Pour Marguerite, qui ren[...]
magnifiques les unes que les [...]
Gabrielle

cheval
masque

Catalogage avant publication de Bibliothèque et Archives nationales du Québec et Bibliothèque et Archives Canada

Poulin, Andrée

    La plus belle robe du royaume

    (Cheval masqué. Au trot)
    Pour enfants de 6 à 10 ans.

    ISBN 978-2-89579-195-9

    I. Grimard, Gabrielle, 1975- . II. Titre. III. Collection.

PS8581.O837P58 2008   jC843'.54   C2008-940041-0
PS9581.O837P58 2008

Nous reconnaissons l'aide financière du gouvernement du Canada par l'entremise du Programme d'aide au développement de l'industrie de l'édition (PADIÉ) pour nos activités d'édition.

 Conseil des Arts   **Canada Council**
du Canada   **for the Arts**

Bayard Canada Livres inc. remercie le Conseil des Arts du Canada du soutien accordé à son programme d'édition dans le cadre du Programme des subventions globales aux éditeurs.

Cet ouvrage a été publié avec le soutien de la SODEC.
Gouvernement du Québec – Programme de crédit d'impôt pour l'édition de livres – Gestion SODEC.

Dépôt légal – 1er trimestre 2008
Bibliothèque nationale du Québec
Bibliothèque nationale du Canada

Direction : Andrée-Anne Gratton
Graphisme : Janou-Ève LeGuerrier
Révision : Mireille Leduc

© **Bayard Canada Livres inc.**, 2008
4475, rue Frontenac
Montréal (Québec)
Canada H2H 2S2
Téléphone : 514 844-2111 ou 1 866 844-2111
Télécopieur : 514 278-3030
Courriel : edition@bayard-inc.com
Site Internet : www.chevalmasque.ca

Imprimé au Canada

Chapitre

1

PIPI DE SOURIS

p. 3

Ça sent le pipi de souris dans la chambre où habitent Mimosa, Mirabelle, Myrtille et leur grand-père Médéric. Le soleil n'entre jamais dans cette pièce minuscule, située dans la cave d'un grand château. Chaque matin, en se levant, Mimosa se dit: « Il faut que ça change! »

Tous les jours de la semaine, les trois sœurs lavent, à genoux, des kilomètres de corridors. Elles frottent et décrottent les planchers du château. Leur seul repas de la journée est une soupe préparée par leur grand-père. Chaque soir, en se couchant, Mimosa se dit: «Il faut que ça change!»

Par un beau matin d'été, le trompet-
tiste du roi sonne le rassemblement:
taratata! Les habitants du royaume
se précipitent au château. Du haut de
son balcon, le roi Ravi annonce la
grande nouvelle:

— J'organise un bal afin de trouver un mari à la princesse Radieuse. Pour cette soirée, ma fille doit porter une robe fabuleuse. Je donnerai la ferme du lac Splendide à celui ou celle qui créera… la plus belle robe du royaume.

Mimosa entraîne aussitôt ses sœurs au lac Splendide. Elles admirent les volets rouges de la ferme. Elles rient de voir la poule courir après ses poussins.

— Si j'habitais sur une ferme, je mangerais des œufs tous les jours, soupire Mirabelle.

— On est trop pauvres. Tu ne vivras jamais sur une ferme, répond Myrtille.

— Il ne faut jamais dire «jamais»!
réplique Mimosa.

Plus tard, en frottant les planchers, Mimosa réfléchit. Puis, elle déclare à ses sœurs et à son grand-père :

— Nous allons créer la plus belle robe du royaume.

— On n'a pas de tissu, rappelle Mirabelle.

— Ni d'argent pour en acheter, rajoute Myrtille.

Mimosa a une réponse toute prête :

— On fabriquera une robe de feuilles, de fleurs et de fruits.

Ses sœurs éclatent de rire.

— Quelle idée idiote ! Ta robe se fanera en trois jours.

Mimosa a pensé à tout:

— On ira tremper la robe dans la source Enchantée, par une nuit de pleine lune. Grâce au pouvoir magique de cette source, la robe ne vieillira jamais.

En écoutant l'idée de sa petite-fille, le vieux Médéric se met à trembler.

— Non ! Non ! fait-il d'une voix effrayée. Vos parents ont tenté de se rendre à cette source. Ils n'en sont jamais revenus. Et moi, j'ai perdu la vue à cause d'un ours de la forêt Touffue...

Mimosa rassure son grand-père.

— Ne t'inquiète pas. J'ai un plan.

Chapitre

2

FLEURS ET FOUGÈRES

Le lendemain, à l'aube, les trois sœurs
partent à travers les champs. Chacune
porte un grand sac de toile. Mirabelle
collecte des cocottes de pin, Myrtille
ramasse des poignées de mousse et
Mimosa cueille des fougères.

Les sœurs récoltent aussi des fleurs de toutes les couleurs : jaune citron, rose abricot, orange citrouille. Elles ramassent ensuite des bleuets dodus, de longues tiges de blé doré et des plumes de geai bleu. Une fois leurs sacs remplis, elles font un détour par la ferme du lac Splendide.

Une famille de lapins gambade dans le pré.

— Si on vivait ici, je donnerais des noms aux lapins, soupire Mirabelle.

— Si on vivait ici, j'apprendrais à nager, soupire Myrtille.

Mimosa ne soupire pas. Elle annonce :

— Quand on vivra ici, j'aurai une chambre juste pour moi. Une grande chambre qui ne sentira pas le pipi de souris.

De retour au château, les filles déposent leur récolte aux pieds du vieux Médéric. Mimosa lui dit:

— Tu as été le couturier le plus célèbre du royaume. Vas-tu nous aider?

— Non. Pas si vous allez dans la forêt Touffue. C'est trop dangereux.

Mimosa tape du pied et s'entête:

— Je veux gagner la ferme! Si tu ne nous aides pas, on demandera conseil au couturier Odilon l'Odieux.

Le grand-père se résigne:

— Si je dis non, vous le ferez de toute façon. Aussi bien vous aider.

— Hourra! hurlent les trois sœurs.

3

COUTURIÈRES
MALADROITES

Médéric montre à ses petites-filles comment découper, assembler, coller et coudre une robe. Au début, les jeunes couturières sont maladroites. Elles se piquent avec leurs aiguilles. Mirabelle déchire des pétales et Myrtille brise des cocottes. Mimosa rate ses coutures et doit recommencer.

Au bout d'une journée, les trois sœurs ont mal aux doigts et au dos.

— Les yeux me brûlent, pleurniche Mirabelle.

— On n'y arrivera jamais, gémit Myrtille.

— Il ne faut jamais dire « jamais » ! réplique Mimosa. Allez ! Cousez ! Il ne reste que deux jours avant la pleine lune.

Après avoir travaillé toute la nuit, les filles terminent la robe au matin.

— Elle est magnifique ! s'exclame Mimosa.

Ses sœurs voudraient dormir, mais Mimosa planifie déjà l'expédition du lendemain dans la forêt Touffue. Elle confie à chacune une mission.

— Mirabelle, tu veilleras à ce qu'on ne se perde pas dans la forêt. Myrtille, tu t'occuperas des ours. Moi, je me charge des loups.

Médéric se remet à trembler :

— Je vous en supplie : oubliez ce projet dangereux !

Les trois sœurs n'écoutent pas leur grand-père. Mirabelle se promène dans le château pour quêter des restes de laine à tous les serviteurs. Trois grognons lui disent non et un bougon lui claque la porte au nez. Mirabelle réussit tout de même à rassembler une petite pelote.

Myrtille se rend dans le pré de la ferme Splendide. Elle a apporté une pelle, un seau et un sac de toile. Elle se couvre la tête de son sac et s'avance vers une ruche d'abeilles. Ouch! Une abeille l'a piquée! Malgré son oreille qui enfle, Myrtille plonge sa pelle dans la ruche. Puis, elle rentre au château en portant fièrement son seau rempli de miel.

Cette nuit-là, tandis que ses sœurs dorment, Mimosa se rend à l'orée de la forêt Touffue. Elle s'assoit au pied d'un érable et attend. À minuit, les loups se mettent à hurler. Mimosa écoute attentivement leurs gémissements et leurs hurlements. Elle est effrayée et émerveillée par cet étrange concert.

Chapitre 4

AFFRONTER LES OURS ET LES LOUPS

Le lendemain soir, la lune se balance dans le ciel, aussi ronde qu'un suçon géant. Le vieux Médéric plie la robe et la met dans un sac de toile. Lorsqu'il embrasse ses petites-filles, une larme tombe sur la tête de chacune d'elles.

— Nous serons très prudentes, grand-papa, promet Mirabelle.

Mimosa marche devant ses sœurs, en portant soigneusement la robe de princesse. À l'orée de la forêt Touffue, Myrtille attache un bout de laine à la branche d'un érable. Puis, la fillette déroule la pelote à mesure qu'elle et ses sœurs s'enfoncent dans les bois. Elles ont une pensée pour leurs parents, disparus à jamais dans cette forêt.

Pour chasser leur peur, elles avancent en chantant, jusqu'à ce qu'elles entendent un terrifiant grognement. Au tournant d'un sentier, un ours immense, dressé sur ses pattes arrière, surgit devant les filles.

Mimosa donne un coup de coude à Mirabelle, figée de peur. Sa sœur se rappelle alors le plan. Elle fait donc basculer son seau de miel. Elle recule lentement, créant une longue trace dorée et sucrée. L'ours s'élance vers le miel. Les sœurs en profitent pour se sauver.

Les filles n'ont plus envie de chanter. Elles avancent en silence, à petits pas craintifs. Soudain, un hurlement résonne dans la forêt. Mirabelle et Myrtille s'immobilisent. Mimosa chuchote :

— Les loups hurlent pour donner l'alerte. Ils nous ont senties !

Mimosa se met à imiter les jappements entendus la veille pendant le concert des loups. La meute se tait. Les sœurs marchent de plus en plus lentement. Leurs jambes tremblent.

Les fillettes débouchent enfin dans une clairière. Une douzaine de loups forment un demi-cercle devant la source Enchantée. Leurs yeux jettent des lueurs inquiétantes dans la nuit. Mimosa s'avance vers les bêtes.

— N'y va pas! chuchote Myrtille.

— Sauvons-nous! supplie Mirabelle.

Mimosa n'écoute pas. De nouveau, elle imite les cris des loups: des sons hauts et longs, parfois étirés, parfois saccadés. Elle hurle si fort que son front se couvre de sueur.

Peu à peu, les hurlements des loups s'entremêlent de gémissements joyeux. Mimosa dit à ses sœurs:

— Ils nous souhaitent la bienvenue. Allons-y !

Tandis qu'elles avancent vers la source, les loups s'écartent doucement. Mimosa continue d'imiter le cri d'un loup content.

Mirabelle et Myrtille sortent la robe du sac et la trempent dans l'eau qui glougloute. Un vent léger soulève un nuage de vapeur. Dans les rayons de lune, les gouttelettes scintillent comme des diamants multicolores. Mirabelle ne peut résister: elle emplit son seau de cette eau féerique.

Pour le retour, Myrtille rembobine le fil de laine qu'elle avait déroulé en entrant dans la forêt. Les sœurs trouvent ainsi rapidement le chemin vers la sortie. Mimosa marche d'un pas léger, même si la robe mouillée pèse un peu lourd dans ses bras.

La chorale des loups les accompagne durant tout le trajet. Les fillettes aussi chantent gaiement. Sous la pleine lune, la robe mouillée brille de mille feux.

Au château, leur grand-père les accueille avec un grand sourire, soulagé de les savoir saines et sauves.

Chapitre 5

UN FEU DANGEREUX

Le jour du bal arrive enfin. Les plus célèbres couturiers du royaume se rassemblent au château. Ils défilent un par un devant le roi et la princesse pour présenter leurs robes brodées de perles et de diamants.

Dans le petit salon où les concurrents attendent leur tour, il ne reste plus qu'Odilon l'Odieux et les trois sœurs. Le couturier leur dit en ricanant:

— Vous n'êtes que trois petites frotteuses de planchers. Vous n'avez aucune chance de gagner!

Mimosa proteste:

— Notre robe est fabuleuse!

Pour lui prouver, Myrtille enlève le sac de toile qui couvre la robe.

— Oh! s'étonne Odilon l'Odieux.

Le couturier s'approche de la robe et fait craquer une allumette.

— Non! s'exclame le vieux Médéric.

Trop tard! Le bas de la robe prend feu. Odilon l'Odieux éclate d'un rire cruel.

Mimosa étouffe les flammes en piétinant le vêtement. Même si elle a agi vite, le feu a eu le temps de détruire une partie de leur création. Myrtille éclate en sanglots.

— C'est fini!

— Non! Non! proteste Mimosa.

Mais elle ne voit pas comment réparer ce dégât. Mirabelle s'écrie alors:

— J'ai peut-être une solution!

Elle court à leur chambre et en rapporte son seau, rempli d'eau de la source Enchantée. Elle arrose le bas de la robe. Feuilles et fleurs retrouvent instantanément leurs couleurs et leur fraîcheur.

Il était temps, car Mimosa, Mirabelle et Myrtille sont appelées dans la salle de bal pour présenter leur création. Dans la foule, on s'exclame :

— Ce corsage de pétales et de plumes est superbe !

— Cette jupe de feuilles parée de cocottes de pin est somptueuse !

— Cette traîne de fougères ornée de bleuets est sublime !

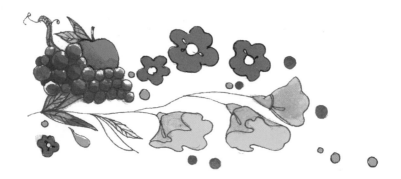

Mimosa explique au roi :

— Nous n'avions pas de pierres précieuses. Mais nous avions mieux que tous les diamants qui reluisent ici : des fleurs, des feuilles et des fruits. Notre grand-père nous a aidées à coudre.

Un couturier jaloux intervient :

— Médéric n'a pas pu coudre cette robe ! Il est aveugle !

Le vieil homme réplique :

— Même si mes yeux sont morts, mes doigts se souviennent encore.

Un autre couturier s'écrie :

— Sa Majesté ne va pas comparer nos robes de soie et de satin avec cette guenille de feuilles et de fougères ! Dans trois jours, cette robe sera fanée.

Médéric explique fièrement au roi :

— Cette robe ne fanera jamais. Mes petites-filles ont affronté les ours et les loups de la forêt Touffue. Et elles ont réussi à tremper la robe dans la source Enchantée.

— Oh ! fait la foule impressionnée.

Le roi Ravi tâte la traîne de la robe et s'exclame :

— Magnifique !

La princesse Radieuse caresse le corsage puis s'écrie :

— C'est la plus belle robe du royaume !

Lorsque le roi remet la précieuse clé de la ferme Splendide aux trois fillettes,

Mirabelle s'exclame:

— Jamais je n'aurais cru qu'on gagnerait cette ferme!

Mimosa enlace ses sœurs et dit:

— Il ne faut jamais dire «jamais»!

FIN

As-tu lu les autres livres de la collection?

AU PAS

Casse-toi la tête, Élisabeth!, de Sonia Sarfati et Fil et Julie
Le roi Gédéon, de Pierrette Dubé et Raymond Lebrun
Mon frère Théo – Ma sœur Flavie, de France Lorrain et André Rivest
Où est Tat Tsang?, de Nathalie Ferraris et Jean Morin
Plus vite, Bruno!, de Robert Soulières et Benoît Laverdière

AU TROT

Gros ogres et petits poux, de Nadine Poirier et Philippe Germain
La plus belle robe du royaume, d'Andrée Poulin et Gabrielle Grimard
Le cadeau oublié, d'Angèle Delaunois et Claude Thivierge
Lustucru et le grand loup bleu, de Ben et Sampar
Mimi Poutine et le dragon des mers, de Geneviève Lemieux et Jean Morin
Po-Paul et le nid-de-poule, de Carole Jean Tremblay et Frédéric Normandin
Po-Paul et la pizza toute garnie, de Carole Jean Tremblay et Frédéric Normandin

AU GALOP

Le secret de Mamie, d'Émilie Rivard et Pascal Girard
Lili Pucette fait la révolution, d'Alain Ulysse Tremblay et Rémy Simard
Prisonniers des glaces, de Paule Brière et Caroline Merola
Thomas Leduc a disparu!, d'Alain M. Bergeron et Paul Roux
Ti-Pouce et Gros-Louis, de Michel Lavigne